키 작은 나귀 타고

황금알 시인선 200

키 작은 나귀 타고

초판발행일 | 2019년 8월 29일

지은이 | 박기섭
펴낸곳 | 도서출판 황금알
펴낸이 | 金永馥
선정위원 | 김영승 · 마종기 · 유안진 · 이수익
주간 | 김영탁
편집실장 | 조경숙
표지디자인 | 칼라박스
주소 | 03088 서울시 종로구 이화장2길 29-3, 104호(동숭동)
전화 | 02)2275-9171
팩스 | 02)2275-9172
이메일 | tibet21@hanmail.net
홈페이지 | http://goldegg21.com
출판등록 | 2003년 03월 26일(제300-2003-230호)

ⓒ2019 박기섭 & Gold Egg Publishing Company Printed in Korea

ISBN 979-11-89205-42-3-03810

키 작은 나귀 타고

박기섭 첫시집 복간본

황금알

시詩는 본디부터 존재한다. 그 시와의 괴롭고 고통스런 만남을 통해 나는 언어의 자유를 꿈꾼다. 그러나 그것은 시조時調 3 장章의 고적한 행간 속에 있다.

문단 한 귀퉁이 청석비탈에 시의 터앝을 연 지 만 10년이 지났다. 그간의 소출이라야 이것이 전부다. 딴은 정좌正座의 시를 고집하며 용심을 일궈 봤지만, 막상 털고 보니 쭉정이투성이다. 다만 염치없는 것이 아둔함이라 해도 엄습하는 허탈을 떨칠 길이 없다.

무릇 시인은 '칼'과 '물'과 '붓'을 늘 손닿는 곳에 두고 사는 사람이어니 이제 다시 내일의 절망을 위하여, 시의 자존을 위하여 잔을 들 일이다. ─『키 작은 나귀 타고』한 세상 건너는 법을 알 때까지.

삼가 이 시집을 환력을 맞으신 아버지와 또 그 곁에 앉으신 어머니께 바친다.

박기섭

차 례

2부 장자莊子의 물

3부 돌에 관한 명상

4부　남향 마루

5부 천내동川內洞 가을

1부

꿈꾸는 반도

강동降冬의 시詩

그러나 직립한다. 강동降冬의 사내들은

저 끝없는 황량에
결빙을 못질해도

견고한 뼈를 씻으며
불퇴전의

활을
든다

그렇다, 독毒은

그렇다, 독毒은 처음에 무슨 열매처럼
발갛게 잘 익어선 햇살 속에 주렁주렁,
아니면 저 하늘가에라도
열렸던 게 아니겠느냐

그런 게 아니겠느냐, 그러다 어느 순간에
저절로 빠개지고 속속들이 부서져서는
마침내 인간의 폐부에라도
엉겨 붙은 게 아니겠느냐

그렇다, 그 뒤로 독毒은 하늘로는 못 오르고
더는 빠개지거나 부서지지도 못하고
잔기침 가래침에 섞여
솟구치는 게 아니겠느냐

한천寒天

한천寒天에
칼 한 자루
거꾸로 박혀 있다

어느 일순이면
떨어져 뇌수에 박힐

눈부신
단죄를 꿈꾸는
저 살의殺意의 충만 !

관계

네가 자수정이면
나는 터지는 먹물

질척여 늪이 되는
그 맹목의 어둠 속에

그렇다, 나는 한사코
너를 닦으며 절명한다

못

1
숱한 담금질 끝에
직립의
힘을 고눠
마침내 일어서는
견고한
자존의 뼈
스스로 극한의 빙벽을
이를 물고 버틴다

2
못을 친다,
저 생목生木의
건강한 육질을 밀어
그 환한
정수리에
굵은, 대못을 친다
한 시대 처연한 꿈이
앙칼지게 박힌다

3
닫힌 저 엄동의
난만한
못통 속에는
끝내
상하지 않고
온전한 야성들이
첨예한 긴장의 한끝을
서느렇게 벼린다

꽃밭에서

봄비는 아편 묻은 하나씩의 실핀이다
일테면 또 그것은 실핀 끝의 전율이다
벙그는 꽃밭 언저리, 저 난만히 번지는 독성毒性!

꿈꾸는 반도

1
그냥 산이어선 안돼, 그냥 그런 산이어선
스스로 골짜기를 팬, 그런 속살의 아픔을 아는,
그 온갖 푸나무 자라고 새떼 깃드는 그런 산

마을과 마을을 감싸고 남북 천 리를 달리는,
엔간한 철조망이나 까짓 지뢰밭쯤은
가볍게 발등으로 차버리고 휘달리는 그런 산

2
그냥 물이어선 안돼, 그냥 그런 물이어선
스스로 등판을 찢는, 그런 피의 고통을 아는,
수천 척 직립의 벼랑을 뛰어내리는 그런 물

무수한 골짝과 골짝 그 무지와 황량을 돌아
적의의 날 선 칼을 혀끝으로 다스리며
마침내 스스럼없이 만나 몸을 섞는 그런 물

천년의 하루

가령 저 선사先史의 땅 설원雪原 만릿벌을
아니면 또 수천 리 저무는 그 산협 길을
뉘 없이 우리 둘만이 무장 걸어서 간다면?

아아, 저 끓는 남빛 그 시원始原의 바다에서
장엄하게 해는 뜨고 다시 지는 대삼림大森林을
눈부신 적동색 갈기를 휘날리며 그렇게!

나의 돌도끼엔 야성의 피가 번지고
너는 또 뭇짐승의 생육生肉을 찢어 말리며
아득한 천년의 하루를 그리 살아나 간다면?

주일

1
숭늉이 끓고 있다, 끓고 있는 동안의 가을

가까운 어디서 문득
풍금 소리 들리고

창 너머
잡목림 사이로
천상의 길도 잘 보인다

2
목풍금이 퉁겨내는 성가 몇 소절이

탱자 울타리 너머
불혹不惑으로 가고 있다

조붓한 예배당 길엔
못 보던 사람의
행렬

잔을 위한 독백

처음 술을 빚어
잔을 든 자 누구인가

그는 다시 수천 년의
햇살 속에 게워 넘칠

눈부신 광란의 발효를
꿈꾸는 자이었거니

우리 사랑은

1

예나 지금이나 수인성水因性의 우리 사랑은 물을 매개
로 하여 옮아 다닌다고 한다 열에 뜬 입술로 하여 옮아
다닌다고 한다 그러니까 또 문득 생각나는 일이지만 그
높은 발열과 오한 · 설사 · 구토의 징후는 애당초 옮아온
물기를 잘못 삭인 탓 아니랴

2

우리 사랑은 또 우연한 가려움증으로나 와 긁고 긁다
보면 진이 물러 터지고 끝내는 눈부신 화농化膿의 부스럼
을 남기나니 한번 덧난 부스럼은 헤집을수록 살이 헐고
그리하여 긴 봄날을 그냥 두고 앓으며 벌겋게 드러나 흠
집을 감추지도 못한다

순진무구를 위하여

은銀의 쟁반에 잘 씻은 과물들을 담아 들고 가던 순진무구가 돌을 맞는다 느닷없이 어디선가 날아온 돌에 머리를 다친다 아프게 피 흘리는 순진무구를 몽매의 구둣발이 와 걷어차고 무지막지의 가죽장갑이 달려들어 마구 몽둥이를 들이댄다 '개 패듯이'

기진한 순진무구가 나동그라진다 비명도 없이 나동그라지며 은銀의 쟁반을 버린다 포도에 넘치는 순진무구의 피를 무수한 흙발이 와 짓밟고 짓밟으며 흩어진 과물들을 와싹와싹 씹어 삼킨다 이윽고 부러진 순진무구의 꼭뒤를 쇠갈고리로 낚아채고 황급히 사라지는 '정체불명의 손'

그때다, 수 발의 총성이 창을 흔들고 지나간 것은!

빛이 때리는 대밭처럼

그래 너 가더라도 빛이 때리는 대밭처럼
세상에서 제일 밝은 빛이 때리는 대밭처럼
그렇게, 가더라도 그렇게, 빛이 때리는 대밭처럼

살아 한때의 이 허망도 저리 빛으로 받고
사련의 떫은 피마저 저리 빛으로 받아
그 온통 숨막히듯 그렇게, 빛이 때리는 대밭처럼

가더라도 그래 너 빛이 때리는 대밭처럼
짙푸른 댓잎 그늘에 수직으로 내리꽂히는
으스스 몸 시린 그 빛, 빛이 때리는 대밭처럼

백자白瓷
— 서시

저
눈부신
광휘 앞에
내 야성은 눈을 다친다
살을 지지도록 아픈 포옹 끝에 비로소
차디찬 관능의 수액이 적요 속에 고인다

형이상形而上의 시詩

때로 무지개 걸리고 마른번개 치기도 하는 솔숲 저편, 형이상形而上의 주택이 한 채 우연처럼 서 있다

1층에는 아름다운 '황홀'이 살며 창에 가득한 노을을 바라보고 '우울'은 반쯤 술에 잠긴 채 처언천히 지하 층계를 내려가고 있다 넝쿨장미는 위층으로 뻗어 거기서는 찬란한 '고독'이 마른 육성을 태우고 또 그 위층에서는 '절망'이 차디찬 강동降冬의 시詩를 붙들고 두문불출이다 그리고 우리 그리운 '환상'은 낡은 목풍금을 두드리며 맨 위층에서 산다

오늘도 깡마른 '의지'만은 여태 돌아오지 않은 채……

환상적

'환상적'이라는 말 속에는 백양숲 아니면 은사시나무 잎에 부서지는 햇살의 무수한 탄주가 숨어 있다

그 속에는 또한 어떤 불같은 약속으로도 흔들지 못할 완강한 혼미의 성채城砦, 부러진 관능의 칼과 청동빛 슬픔의 남근男根—이런 어질머리의 파편이 아프게 박혀 있다

사랑은 이렇듯 황홀한 환상의 관절을 앓기도 한다

일모 日暮

장엄한 도움형의 궁륭이 무너지며
황급히 달려 나온 붉은 피의 말의 떼
갈기가 부스러진 채 서녘으로 가고 있다

2부

장자莊子의 물

장자莊子의 물

천천히 산을 씻고 산을 돌아 흐르느니
성수聖水 아니래도 눈을 씻어 볼 일이다
안 뵈던 산의 음영이
그예 젖어 오리니

절로 고요도 걷힌 그런 한때의 자연을
지줄대며 그 더러는 누워 흐르는 반석
이우는 도화桃花 가지야 그쯤 두고 볼 일이다

어디 금세라도 무너질 듯 장중한
청록빛 저 석산石山의 아득한 골짜구니를
서늘한 물길 한 자락
이어 오고 있으니

적일寂日 1

아무도 없는 산가山家
뜰귀가
환하도록

성긴 가지 끝에
두어 송이
꽃이 와서

아득한
미명의 층계를
더디 밟아 오른다

적일寂日 2

마른
대추나무
가지는
허공에 있네

언 벼루
녹이고서
찻물을
끓이노니

붓끝에
무시로 감기는
먼 마을의
강설降雪

산읍山邑 지나며

새떼 날아드는 텅 빈 가을 공회당
녹슨 확성기 줄을 따라 벼는 익고
산 발치
닫힌 상엿집
돌쩌귀도 훤하다

우리 죽어 간다는 먼 훗승의 어느 날처럼
읍사무소 뒤뜰엔 두어 그루 감이 타고
선술집
낡은 술청도
한결 휘해 보인다

폐광 가까운 산턱의 짧은 봇도랑 길을
도꼬마리 마른 줄기 까닭 없이 흔들리고
멀리서
누군가 부르는
사람의 소리 들린다

먼 길

물에 잠기는 땅, 임동면臨東面 망천일동網川一洞
길을 따라 연이어 핀 망초꽃도 서러운
우리네 허구한 날의 시장기를 어쩔 건가

먼 길을 까닭도 없이
사람들은 간다더라
뿌연 흙먼지 속에 낮종소리 끊긴 날은
예배당 낡은 첨탑도
서西으로나 기울고,

살아 한두 철을 뗇은 물은 든다지만
마지막 가을빛이 지상의 콩밭에 타고
저만치 행락의 눈부신 버스 길도 보인다

운구韻句

아침의
운시韻詩 한 구句
내게 찬물 먹인다

등어리에
초록의 연한
회초리를 내린다

때려도
때려도 끝내
피는 아니 맺히는

우경 雨景

개똥 쇠똥 냄새
걸쭉한 모퉁이를 돌면
휑하던 양철지붕에
문득
비 듣는 소리

이승 밖
내버린 생선뼈
여윈 살을 발기고 있다

불혹不惑
— 눈물*에 대하여

왕년에 서른 살이었다
—이것은 그의 단구短句
서정은 늘 점액질의
화판처럼 엉겨
사련의 슬픈 꽃대궁
이울 줄을 모른다

그 온통 먹물빛으로
기우는 저 서녘 하늘
강은 흘러 아득히
불혹不惑에 이르는 것을
끝내는 수척한 눈물의
뼈만 희게 남는가

* 이재행李在行 시인의 시

편지

  햇살의 자디잔 치열齒列이 가지런히 물려 있다 피봉을
뜨으면 이미 황금의 가루가 된 말들이 은밀한 전율의 순
간을 예감처럼 숨기고 있다

꽃을 위한 변주

1

초고속 셔터 속에 꽃은 일순 만개한다
아픈 신음보다도 부끄러운 속살이
가벼운 탄성의 독을 실핀처럼 물고 있다

2

유월 잔등에 머문 민형閔兄의 화실 근처
상심한 꽃들만이 마른 빈혈로 와서
무채색 풍경 저편의 목층계를 오르고 있다

3

신의 펴든 손에 꽃은 연신 지는 것을
눈에 안 보이는 엷은 신경의 올이
불현듯 감기는 슬픔의 잔가지로 터진다

봄에

무수한 실지렁이
눈에 아른거려
까닭 없이 왼 마음이
궁거워 오는 날은
햇볕도 가려워 못 견딜
부스럼을 뜯느니
덧난 부스럼도
그 햇볕에 잘은 낫고
얼싸 어우러져
매도 맞아 좋은 날을
보겠네, 휘드린 수양의
알종아릴 보겠네

대좌對坐

막
정을 씻고
돌가루를 지워낼 무렵

그 따에 내렸을
아, 눈부신
천년의 햇빛!

돌 속에
스미는 적멸의
연잎이런가
—마애여래磨崖如來여

빈집

고두이던살　　　　다는놓을길
떠　　　　　　　　　원
난　　　　　　　　　여
녹　　　　　　　　　에
슨　　　　　　　　　끝
물　　　　　　　　　지
펌　　　　　　　　　가
프　　　　　　　　　감
에　　　　　　　　　은
낮　　　　　　　　　굽
뻐꾸기울음만이무시로건너와서휘

옥천沃川 이모

충청북도 옥천군 청산면 대시리,
거기 아득한
거기 눈비 오는 땅에
서러운 이모는 산다
일자무식의 이모는 산다
어려서 반편 수족 바람에 맡긴 채로
그 바람이 얻어다 준 눈먼 낭군을 따라
수척한 충청도 길을
홀로 떠난 이모는 산다
어디라 둘러봐도 살붙이 하나 없고
녹슨 문고리에 손이 쩍 얼어붙는
청산장 삼십 리 길의
눈발 같은 이모는 산다
봄이면 그 봄마다
산복숭아 꽃은 펴도
한번 가마, 그 안부에 잔기침만 도로 붉고
강물이 풀려도 끝내
오지 못하는 이모는 산다

사람 한평생이

1
사람 한평생이
다 그렇고 그런 기라
삭신 부서지게
애명글명 살아봐도
또 하냥 섭섭키만 한
이 낭패를 우야꼬

천둥지기 서 마지기
물 담는 것 봤잖는가
그래, 니 심정을
내가 설마 모를 턱 있나
대 끝에 3년이락커늘
그리 살아 보는 게지

2
다만 모진 것이
땅찔레 같은 우리네 목숨
뻐꾸기 한철이믄

깜부기도 한철이제
그 무슨 기막힌 신명
따로 또 있을락꼬

억장 무너질 일이야
쌔고 또 쌘 거 앙이가
살다보믄 그 더러는
홍두깨 꽃필 날 있고
정이사 환한 저 장독대
햇살처럼 드는 기라

비슬산 그늘

비로소 내 서른에 비슬산의 그늘을 본다
가령 그 산턱에서 비라도 뿌리는 날은
드러낸 갈맷빛 죽지를
푸덕대는 것도 본다

어쩌면 먼 뻐꾹새 울음 같은 툇마루에
가난한 그 손톱의 봉숭아 꽃물만큼은
묻어서 잘은 안 지는 그런 산빛이던 것

갈 들면 그 하늘가 시오리쯤 감은 익어
그 항렬 그 성받이 숲불 같은 사투리로
넉넉히 그 산에 기대어
햇살 받는 것도 본다

뻐꾸기 소리

등줄기에 시퍼런 도끼날을 먹은 듯 적막한 여름 한낮,
그런 날의 뻐꾸기 소리는 그냥 무심코 들을 수가 없다

오래 홀로 듣고 있노라면 낡은 툇마루가 거뭇해지고
더운 김이 솟는 흙담장밑 목단꽃 그늘이 거뭇해지고 새
삼 먼 산의 초록이며 뽕나무 밭두덕이 거뭇해지고

어쩌면 남몰래 주고받는 저승 사람들의 이야기꺼정도
샘물처럼 두런두런 흘러들 것만 같아진다

3부

돌에 관한 명상

가시나무는

가시나무는 그냥 바라만 보아서는 모르고
그 덤불 속을 불같이 휘달려 보아야만 안다
그것도 깡마른 겨울날 그 다 벗은 알몸으로

꽃도 꽃이지만 온 산턱이 긁히어 있는
저 불가사의의 야성을 뉘도 어쩌질 못한다
더구나 엄동에 붉은 열매를 환약처럼 물고 있으니

왕지王旨
— 슬픔을 위하여

짐朕이 이제 한 시대의 슬픔을 방목하노니
뉘도 아예 근접지 말며 다스리려 하지 말라
참으로 온전한 슬픔이 온전하게 커 가게 하라

그의 허리에는 빛나는 옥대를 두르고
이마며 가슴께는 무수한 영락을 달아
눈부셔 아름다운 슬픔이 아름답게 커 가게 하라

궐 밖 밝은 햇빛 충충이 닫아걸고
어둠에 젖은 숲과 외로움에 길든 뜰을
넉넉히 그 곁에 두어 우울의 심연 짙게 하라

그리하여 저문 후원을 그가 홀로 거니리니
내 무거운 왕관 벗고 용상을 내려가서
혼곤한 그 품에 아득히 여윈 잠을 묻으리로다

다시 왕지王旨

짐朕이 이제 욕된 인업의 사슬 죄다 풀고
해묵은 이 용상의 쓸쓸한 푸섶길을
내려가 저 자갈빛 부신
햇살 속을 가리로다

설사 그 햇살에 여위어 갈 목숨이어도
흔들리는 풀 있더냐 흔들리게 그냥 두라
나무도 휘드린 가지는 휘드린 채 그냥 두라

그리하여 억조창생이여 풋풋이 고개를 들고
온몸에 휘감겨 오는 황홀한 이 물살로
찬란한 야성의 꿈을
더불어나 울 일이로다

풍뎅이의 죽음

1
뜰귀에 풍뎅이 한 마리 죽어 넘어져 있다
다리 오그리고
목 비틀린 채

그 위로 마른번개 치고
짧은 낮비 지나가고

2
젊은 나는 부엌칼의 묵은 날을 세우고
일어서면서 잠시 무거운 현기증을 느끼지만,
한 마리 풍뎅이의 죽음을
아랑곳하지 않는다

돌에 관한 명상

1

국화송이로 퍼지는 국화송이로 퍼지는 차디찬 파열음을 듣는다 그것은 어처구니없는 일이다 푸른 이마에 와 부딪는 눈먼 질주 하얗게 빛나는 성좌 일순 물에 잠긴다

2

돌 하나가 이를 악물고 돌 하나가 악다구니 소리를 지르고 돌 하나가 쿵쿵거리며 쿵쿵거리며 돌 하나가 속수무책의 노을 속에 잠긴다 이윽고 돌을 삼킨 돌 하나가 시뻘건 돌을 토해 놓는다

3

돌의 살을 비집고 들어가면 돌의 시생대 그 아득한 어둠이 출렁거린다 출렁거리는 어둠 속에서 튼튼히 일어서는 핏물에 엉겨 비릿한 돌의 전신을 만난다 티 없이 맑고 따스한 돌의 꿈을 만난다

4

돌의 꿈은 돌칼이다 돌팔매다 돌장승이다 닳고 닳은

채로 물밑 땅의 조약돌이다 끝내는 아픈 균열 끝의 눈부
신 저 승천이다

파밭에서

매운 파밭에서 노동의 아침을 본다
저마다 눈부신 대궁이를 뽑아 들어도
어쩌면 그것은 하나의 성토聲討처럼 보인다
입하立夏 전후해서 대열은 무너지고
잎이 쓰러지며 마지막 거두는 평화
끝내는 적막을 가르는 먼 총성이 들린다

온달溫達에게

1
흔해빠진 김해김씨金海金氏 혹은 밀양박씨密陽朴氏의
흔해빠진 흔해빠진 흔해빠진 사랑이지만
한 오리 벌려만 놓은 물길 같은 사랑이지만

사랑이사 가을날의 반짝이는 유리잔 속에
몇 개의 충동 혹은 몇 개의 사유를 놓고
한목숨 빛깔도 환히 홍옥紅玉으로 앉히던 것

2
그대 살던 순수의 땅은 여기서는 아주 멀다
무작정 평강平岡이 울던 궐문闕門도 궐문이지만
그 산속 은전의 햇볕도 그냥 너무 멀기만 하다

옥중에서
— 춘향春香의 독백

저 하늘에 전중사는 직녀란 년은 그래도 나아
남 다 자는 밤을 가려 오작교를 넘어설랑은
견우놈 생멱살 잡고 울어 실컷 하소나 하지

열두 줄 현을 뜯던 그 밤의 아픔도 아픔
동헌東軒 뜰에 피를 뱉어 머리 풀던 아픔도 아픔
뉘 있어 이 망할 짓의 치마끈을 죈다냐

의자왕의 잠

아서라, 삼천 번의 곤두박질 끝에 만난 그대 잠을 본
다 그대의 잠속에는 형이상학形而上學의 끈이 풀려 있다
여태도 허연 속살의 살내음이 묻어 있다

가을 물오리처럼 뒤뚱거리며 뒤뚱거리며 현을 타던 그
대 발꿈치 너무 희다 희기만 하다 사비성泗沘城 그늘에 묻
힌 잠은 글쎄, 붉기만 하다

김홍도
— '선동취적도仙童吹笛圖'에 부쳐

보채는 조선왕조 품계 밖에 먹을 풀고
대피리 한 소절로 승천하는 그가 있다
자락에 하얗게 씻긴 복사뼈도 보인다

추상 1

분지에날아온북
구라파의기러기
떼처럼그들은댐
으로가물수제미
를뜨곤한다희디
흰작위의복사뼈
감추어도보인다

추상 2

키작은나귀타고예수
가가고있다연신갓끈
을죄며뒤따르는베드
로는객줏집몇잔의술
에너스레를놓고 있다

추상 3

입동절엔핀
셋을든늙은
의사생각난
다아픈미열
이탈지면에
묻어나고누
군가창밖에
와서잔기침
을쏟고있다

추상 4

팔공산염불암서
본가부좌의아미
타불뜨다감고감
다뜨는그시계사
영몰라도기우뚱
달관의어깨서역
쯤에걸린건안다

추상 5

말을탄말갈족
들이연해주쪽
으로가고 있다
먼두만강엔몇
개목창이꽂히
고찢어진북채
는하나강기슭
에버려져있다

추상 6

아닌봉두난
발의봄은다
시와서물오
른나뭇가지
가지마다기
침을하고누
군가죽어서
간다는긴행
렬이보인다

추상 7

첫날밤의금붕어물먹
는소릴낸다일렁이는
수초새로한채궁궐을
짓고들킬듯숨가쁜아
가미마른혀에감긴다

추상 8

왕조의먹물이번진
저지창미닫이가에
남아퍼런멍자국을
죽지에나파묻은채
더러는슬픈목안이
목비틀고앉아있다

추상 9

경련처럼가볍게부서
지는잔을건네면내그
리움의전신이하얗게
넘친다남루의바다에
잠긴실뿌리도보인다

4 부

남향 마루

본리동구本里洞口 1

앞뒷집이 감을 다 따고 햇빛 창창한 날
마른 나무 가지 끝의 섭섭한 생각들이
한번도 건너지 못한 먼 강둑을 가고 있다
늦은 가을빛은 남루처럼 사뭇 희고
산도 그늘을 둔 너덧 평의 저녁답을
마을은 커다란 못물, 연잎 실어 놓곤 한다

본리동구本里洞口 2

세발 자전거를 탄 아이 몇몇이서
하늘에 뜬 실낱같은 강둑길을 가고 있다
상심도 물때가 앉아 그냥 따라가고 있다
은피라미떼 무수히 햇살에 곤두박여
철없이 반짝이는 배때기를 보여주며
먼 서역 언저리쯤의 물무늬를 감고 있다

본리동구本里洞口 3

천내삼동川內三洞 혹은 본리일 · 이동本里一 · 二洞 언저리로
은은히 뻗치어 있는 놀빛은 묵상이다
잔등길, 흰옷 입은 사람 홀로 바삐 가고 있다
더러는 수묵으로 앉은 먼 가을 산그림자
그렇듯 세상이 온통 자갈밭 같은 날은
천명天命의 흰말이 끄는 마차 소리 들린다

본리동구 本里洞口 4

겨울 가는 길에 부서진 풍경 몇 점
청동을 문 바람들이 계곡을 내려오고
우리는 모두 조금씩 한 적막에 접혀 간다
그 길섶 남은 몇 구절 가을은 시를 앓고
카랑한 상심들이 현에 걸려 파닥이는
허심의 거문고 한 채 중천쯤에 걸려 있다

본리동구本里洞口 5

고향 가을날은 상에 올린 물접시 같다
마당귀 바지랑대 근골마저 얼비치고
유난히 햇살도 밝은 아주까리 잎의 한로寒露
천내삼동川內三洞 어귀서 보는 본리일동本里一洞 혹은 이
동二洞
생각이사 먼 수숫대 부질없이 흔들리다
휘드린 감가지 사이로 부신 저 잔양을 본다

절후시편節候詩篇

입추立秋

남도잡가의 구겨진 치마폭처럼 가을은 오고

나의 센티멘털보다
떨리는 몸짓으로

바람에 할퀸 낮달이
빈 수레를
끌
　고
　　있
　　　다

백로白露

참
무한정으로

사람 멍청케 하는

저 하늘의
속절없는
푸르름도 푸르름이지만

텅 빈 집
빨랫줄을 고눈
마른 바지랑대 하나

한로寒露

성긴 나뭇가지
더욱 휘어지는 하오

강아지풀 시드는
먼 길
가고 오느니

그맘때
강가 자갈빛
눈물겨워옴을 아는가

상강霜降

저
가을걷이 끝난
논물에
잠기는 산

멀고 가까운 것이
새삼 막연해지고

그런 날
대청마루서 본
청석 비탈의

수숫대

입동立冬

청동의 말 한 필이 그 어귀에 매여 있다

끓는 숯불을 문
원시의 사내들이

아득한 유배의 땅에서
이끌고 온
그해
겨울

대설大雪

대설 아침, 생미역 같은 바람을 꺾으면서

잠시 하늘빛은 숙취의 표정이더니

눈곱을 채 못 지운 채
뜸하던 눈이 온다

대한大寒

두어 병 깡소주를
선 채로 그냥 켜고

매운 오기로
탁, 버티어 선다

치켜뜬 두 눈썹 끝에
이글거리는
불의
잠재潛在

봄비

이승에선
보지 못한
발이 흰 아이들이
버들의 신명 끝에 총총히 모여앉아
배꼽을 다 내놓은 채
간드러지게
웃고 있다

남향 마루

봄날
아침에 보는

사과나무
성긴 가지

내 가난한
미닫이를

구름 그림자
스치고

올해도
탱자울 너머

훤히 뵈는
남향 마루

목련 한때

소현昭炫이의 배냇짓 같은
3월
목련 한때

이제 막
껍질을 벗은
탄성이 와 꽂히고

하늘도
가지 끝에 앉아
은박지를 접고 있다

강물을 보며

기슭에 가차울수록 남한강 물소리는
두고 온 아내 곁에 두고 온 딸애 같다
서투른 말문을 떼며 빤히 보던 딸애 같다
더러는 매운탕집 평상가에 내려앉아
생각마저 한 접시씩 물이 들던 저녁구름
물빛도 저만치 두면 아내 품의 서정 같다

저녁빛

산꿩이 울다 놓친
경상도 풀빛 고향

키 큰 수수밭머리
사위어 간 초가 몇 채

문살에

발갛게
번지는

산 시오리
저녁빛

분교 마을에 가서

울 너머 서걱이는 수숫대를 바라보며
수숫대처럼 흔들리는 가교사의 창을 닦고
몇몇은 더 늦게 남아 그해 가을 일모를 닦고

근동의 포도농원은 근골이 다 드러난 채
어려서 가는귀먹은 방앗간집 사내처럼
자줏빛 신열을 풀며 잔기침의 끈을 풀며

기운 산 비탈밭에 콩이라도 꺾는 날은
분교 교정이 흡사 먼 길섶의 못물빛 같고
오 리쯤 혹은 십 리쯤 내다 앉은 가을빛 같고

가을 갑사甲寺

1
더러는 하산길의 억새풀로 꺾이다가
계룡갑사鷄龍甲寺 어귀쯤의 객으로나 와서 앉아
처연한 하늘빛 보고 망연자실하느니……

2
가을도 무량겁을 벗고 앉은 법당 마루
그 저녁빛 속절없이 단청은 무너지고
문밖에 말갛게 닦인 접시 하나 놓여 있다

입산 생각

일주문 밖으로는 내다 앉지 않는 풍경

맨 처음 귀를 깎고 눈을 깎고 눈썹을 깎고 손톱 발톱을
깎고, 다음엔 털을 깎고 몸과 몸짓을 깎고 변성기 이후
의 목청을 깎고, 또 한번 꿈을 깎고 산과 산빛 지줄대는
물소리를 깎고, 그리고 맨 나중엔 그렇지 수월하게 아주
느긋하게 이 쑥대궁이 머리를 깎을 일이다 그리하여 감
익는 풍경쯤에나 진실로 무릎 꿇고 앉을 일이다

우리는 어렵지 않게 하산들을 하곤 하지만……

어느 입동

1
동네 스피커가 울던 입동절 아침이었다
낫과 목장갑을 든 총무계원들은 구레나룻이 희끗한 계
장을 앞세워
천내천川內川 본리천本里川 연변 풀베기를 나섰다

2
까만 신경질을 문 채 죽어간 오일 스토브
한꺼번에 몇 장씩의 찬그늘을 찍어내며 등사기는 연신
감기로 쿨룩거리고
몇 포기 시든 동국冬菊이 토분吐盆을 안고 있었다

3
눈두덩에 고약을 붙인 천내동川內洞 장張동장은
너부죽이 쇠똥만큼씩 한 인사를 나누면서
빛바랜 새마을 모자를 몇 번이고 고쳐 썼다

4
아침부터 고단한 호적계 아가씨는

그 숱한 풍문으로 낡은 호적부를 내던지며
입술이 뭉개진 얼굴로 선하품을 씹곤 했다

5
책상머리 여남은 명 직원들의 이마 위에서
부면장은 느닷없이 벌겋게 호통을 치고
뒤뜰엔 서너 개 연시軟柿 불을 달고 있었다

5부

천내동川內洞 가을

천내동川內洞 가을

천내동川內洞 가을빛이 옛날에 눈맞춘 너의
눈빛 같다 희망 같다 삭아내린 맹서 같다
단추를 달면서 잠시 망설였던 어느 아침,
선 채로 문득 듣는 물소리도 그렇지만
연륜의 길섶에서 따내 버린 실밥 같다
꿰매는 단춧구멍에 얼비치는 눈물 같다

장작을 태우며

마른 장작이 타는 아궁이에선 열대여섯 그 또래 계집
애들의 무수한 작은 입술이 모여 째작째작 껌 씹는 소리
를 낸다

태반은 그을음이 되어 혹은 연기가 되어 사라지지만
개중에도 오래 씹히는 아픔은 남아 양심의 보드라운 재
가 되기도 하고

더러는 불티가 튀는 사루비아 꽃밭이다

수채화

외사촌 혹은 이종사촌 여동생의
살에 와 닿는 메리야스의 촉감처럼
천연히 묻어 나오는 사랑 빛깔을 난 모르고,
그 또래의 햇살은 또 꽃밭까지 내려와서
눈까풀의 화냥기며 스타킹을 벗어 놓고
그 뉘도 없는 것처럼 물장구도 치는 것을……

장날

초하루 초엿새면 젖물 차듯 장이 섰다
개똥 쇠똥 신발을 끌며 외를 깎아 씨를 뱉고
포플린 치마 한 감에 볼이 부은 여편네야
죽음, 죽음이랬자 또 그 담은 그저 그런
주막거리 손바닥에 코를 푸는 늙은 주모
머리칼 한두 낱쯤은 안주 속에 섞여 있는
장서방은 장날이면 코도 팽 풀고 즐거웠다
핑곗김에 꾸역꾸역 이십 리를 내려와서
파리 빤 목롯집 색시 술로 컬컬 달래면서

한추여정 閑秋餘情

1
바지랑대 받쳐 놓듯
섭섭한 이 가을날

못다 꿰맨 인연 끝에
실밥이 드러나고

서정의
풀씨를 받는
차 한 잔의 그 아미

2
네 생각 강여울에
띄워 놓은 목선 하나

산빛 물빛 무장 좋은
가을 속을 저어와서

이승의

저자 전전을
기웃대는 전생의 삶

3
내 시름의 먼 벗이 와
굵은 테 안경을 닦으면

그 눈썹에 실려온 산이
윗목에 가서 앉고

가을은
산을 내려와
몇 점 원경 다가선 뜰

북평北坪 바다

더러는 거짓말 때문에 우리는 바다로 간다
긴 수염 턱에 말면서 도도한 함성을 몰고
허옇게 욕설을 문 채 부서지는 이빨이었다

밤을 설친 풍문들이 파리떼처럼 들끓었다
이제 막 뭍에 올라 투덜투덜 몸을 털던
바다는 허리를 풀고 달아나고만 싶었다

파장

해종일 흥정 끝에
고무신짝이나 바꿔 신고

바람난 계집년의
풍문이나 들씹다가

선술집 대폿사발에
광대뼈가 드러났다

풀뭇간에 기대선 채
흙 묻은 목숨을 털면

똥개가 물고 뜯는
갈치 대가리의 파장

해거름 설핀 눈발은
산을 향해 뻗쳤다

점묘법 1
— 인흥서원仁興書院에 가서

가을, 그 서원은
잔기침을 하고 있었다

기왓고랑 잦힌 틈에
어쩌다 된 잡풀들이

숭봉문崇奉門 들먹거리며
헹가래를 치고 있었다

후손의 장죽長竹에 피는
억새꽃 해거름을

닫힌 문 돌쩌귀에
도포깃은 삭은 채로

낮달이 빗장에 걸려
세월도 하나 유품이었다

점묘법 2
— 어느 고가 지나며

문빗장 걸린 채로
열려 있는 안사랑채

세월 가에 떨구고 간
두어 송이 채숭아꽃

뜰귀에 놓인 놋요강
기침 소리 때가 탔다

풍지가 펄럭거리는
갱죽 같은 저녁답을

멧비둘기 한 자웅이
대숲 바람을 차고

백일홍 몇 대를 늙어
개도 짖질 않았다

점묘법 3
— 감은사感恩寺 부근

산이 발을 뻗는
발치쯤에 인가 몇 채

물에 뜬 채로 그냥
환상적인 대왕암大王岩이

끝없는 무자맥질 끝에
몸 추스르는 시늉을 하고

차라리 감은사感恩寺는
먼 훗승에나 있을

낡은 돌계단이
연신 무너져내리고

다만 저 석탑이 두어 기
떠다니는 저녁답을

가을에
— 어느 임종

나의 뜰에 가을볕살 바신 이 아침에도
지상에는 손등에 링거를 꽂은 채로
누워서 적막한 사람의 발바닥은 있거니

심지어는 내가 아주 마루 끝에 나가 앉아
철없이 발톱을 깎는 한순간에도 지상에는
누워서 처연한 사람의 발바닥은 있거니

산에는 갈참나무 잔뼈가 으스러지고
우리 모두 수숫대마냥 흔들리는 까닭도 없이
누워서 길 뜨는 사람의 발바닥은 있거니

하늘 가는 길

하늘 가는 길이 있다면, 가을 해 떨어질 녘
윗마을 가는 고개 잔등 고갯길이거나
그 길을 타고 내리는 솔내 어린 산그늘이게

섭섭하지만도 아니한 섭섭한 길을
하다못해 질경이풀 꽃대라도 꺾고 안고
끝없이 도란거리며 도란거리며들 가게

도랑물 건너뛰면 개똥 쇠똥 꽃도 피고
그 꽃의 꽃씨 같은 꽃비 상구 뿌리는 날
뒤 마리 까치라도 울어 낯선 사람들 반갑게

주렴 그늘

가야금도 학처럼 앉고
병풍 숲에 이는 월훈月暈

황국黃菊 지핀 문미닫이
부끄러운 주렴 그늘

흰 동정 남갑사藍甲紗 치마
옷고름에 떨리는 손 .

오므라드는 어린 연잎
외씨버선 버선코!

서창西窓 대바람 소리
아아, 허연 대청마루

휘감긴 수심 한 자락
날아갈 듯 끝추녀

춘향가

그 다 태워버린 은장도의 꽃대궁이

이별 앞에
터진 앞섶,
전중살이 검게 타던

춘향의
사랑 빛깔은
울컥울컥 먹빛이다

못 박혀 금선琴線에 떨던
네 과거의
아픈 피

옷고름
안으로 접어
제기祭器처럼 놓이던 날

와직끈

꽃대를 꺾어
물레 자은 손끝이다

금피리떼 물을 차던
아아, 그대 광망光芒

버선목 되조이면
상기 선한
문미닫이

광한루
오작교 너머
먼 버들빛 그쯤이다

그 자갈빛

그날
네 웃음 속에

반짝이던
자갈돌 하나

우리가
가 닿을 길은

그 자갈빛
기도의 문

내생來生의
끝가을에도

하나 못한
이별 있네

추정산조秋情散調

① 감

꼬치꼬치 캐묻는 듯
가지마다 사태진 감

부끄럽게 숙인 아미
미닫이에 주춤 서고

낮달이
어줍게 돋아
기웃대는 사립문밖

② 하늘

거꾸로 매달려서라도
살고 싶은 달 시월은

잘 익은 남도南道 감빛

더 할 일이 없는 하늘

시루떡
그 유년 위로
잠자리떼 묻어오는

③ **낮달**

갈밭에 서걱이는
빛바랜 도포자락

타령조로 저물녘엔
놓이는 징검다리

인연은
하얀 억새꽃
물때 앉은 그 언저리

4 저녁

하루해 그만하면
산그늘도 내리는 것

잘 끓은 숭늉으로
풀린 음성 갈피마다

참말로
면타래 같은
달이 돋는 수제비맛

본리시편本里詩篇

① 별후別後

억새꽃 외진 산길
길섶으로 뜨는 낮달

산새 쫑쫑 날아들고
시나브로 익은 열매

섭섭히
이 저승 사이
목교木稿 하나 놓고 간다

② 동구洞口

물 마른 개울바닥
벗어던진 고무신짝

마을 어귀 들면서부터

가을은 천식을 앓고

그 밭은 기침 소리에
누우렇게 타버린 콩밭

③ 야국野菊

돌담 호박잎에
후두둑
듣는 빗소리

두메나 장터길은
이십 리
길섶의 야국野菊

비 맞고
떠난 고무신
지천으로 피는 야국野菊

풍속도

1

지하 5m, 해갈의 주전자는 끓고 있다

대명동大明洞에서나 대봉동大鳳洞에서나 대신동大新洞 어디에서나 차 한잔의 수심은 한결같았다 갈증의 찻숟갈마다 가볍게 쉽게 풀리고 녹는 상온常溫의 대화, 쌍그랗게 핀 샹들리에 가을풀에 우는 버레의 촉수처럼 젖어 떨리는 카운터엔 불모의 동국冬菊이 피었다

목마른 사투리를 닮은 백자항아리도 하나

2

땅콩을 씹어보아 대구포를 쨔악 짝 찢어보아 술이 넘어가질 않았다

잎궐련을 꼬나문 우리 이웃 계집년이 양코배기와 얼려 원무를 추는… 어쩌란 말이냐? 어쩌지 못할 춘삼월 이 강산의 꽃빛 같은 손톱 발톱, 포연砲煙처럼… 뿌옇게 흩어진 담배 연기의 엄연한 현실… 불면에 시달린, 뻘겋게 충혈된 주둔지의 밤은 복덕방 진陳영감의 구두 뒤축을 닮아 있었다

헛구역 멀미가 나도 그건 결국 네 탓이다

잔치는 끝나고

가마솥 모은 자리 상기도 남은 불씨
깨어진 옹기쪽이 그제사 눈에 들고
뒷마당 섭섭한 터에 산그늘만 짙었다

80년대의 외로운 주자에게

박 시 교

80년대 초 『덧니』라는 제목의 2인 시집을 통해서 박기섭 시인을 처음으로 만났다. 물론 시집을 통해서였고, 벌써 10년의 세월이 흘렀다. 그런데 그 첫 만남의 신선했던 충격을 오랫동안 간직하다가 지난봄에서야 사화집 『기린봉』에 쓴 「80년대와 사설시조」라는 글에 그때 읽었던 작품 중에서 「장작을 태우며」를 언급할 기회가 있었다. 전적으로 필자의 게으름이 낳은 결과였다. 그때 그 글을 쓰면서 참으로 오래 간직했던 묵은 빚을 조금은 갚았다는 생각이 들었던 것은 무엇 때문이었을까. 그것은 첫 만남으로부터 10년 동안 일관된 자세를 보여주었던 그의 뛰어난 작품에 대해 필자는 끝내 독자로서 안주할 수만은 없었기 때문이다. 같은 길을 가는 한 사람으로서 마냥 그의 행보를 지켜보는 것만으로 만족하기보다는 어떤 형태로든 얘기할 의무 같은 것을 강하게 느꼈다. 그러나 그런 생각을 정작 실제의 행동으로 옮기는 데에 필자는 인색하고 게을렀다. 부끄럽다. 이러한 마음을 그는 이미 간파했던 것인지, 첫 시집의 말미에 이 글을 보태게 하였다. 그래서 다시 10년 전의 생각을 거듭 떠올

리게 되었고, 또 그동안 그의 작품에 대해서 하고 싶었던 얘기를 할 기회가 주어졌다. 『덧니』 중의 한 편 「철들 무렵」을 옮기는 것을 시작으로 그의 작품세계를 살펴보기로 한다.

　　병에 담긴 물을 엎질렀을 때 엎질러진 문을 이미 병 속의 물이 아니다

　　이 평범한 진리 때문에 우리는 우리의 삶을 엎지르질 못한다

　　가을날, 눈물을 참는 하늘 또한 그 때문이다

　이미 20대에 이런 생각의 터득을 하였던 그의 시조는 그만큼 기초가 견고하다. 대체로 오늘의 시조가 삶의 테두리 밖에서 노래하고, 표피의 아픔을 다독이는 것에서 그 소임을 한 것으로 착각하고 있다. 그뿐만 아니라, 전통이란 보호막을 두껍게 내리고 한치 바깥도 외도로 몰아붙이려는 철저한 자세를 허물지 않았다. 그리하여 삶의 얘기는 으레 공허하였고, 진부하였다. '평범한 진리' 속에 시조가 놓여 있어야 한다는 사실, 그 가장 기초적인 사실을 깨닫지 못했던 것이다. 「철들 무렵」은 이러한 사실과 결부하여, 시조단의 '오랜 잠'을 깨우기 위한 하나의 분명한 작업이 낳은 소산이었다. 지금 읽어도 10년 전 그때의 생각과 조금의 변함이 없다. 또 하나의 작품

사설 「장작을 태우며」도 마찬가지이다.

마른 장작이 타는 아궁이에선 열대여섯 그 또래 계집애
들의 무수한 작은 입술이 모여 째작째작 껌 씹는 소리를
낸다

태반은 그을음이 되어 혹은 연기가 되어 사라지지만 개
중에도 오래 씹히는 아픔은 남아 양심의 보드라운 재가 되
기도 하고

더러는 불티가 튀는 사루비아 꽃밭이다

반짝이는 재치와 신선한 비유가 돋보이는 사설이다.
'시조가 젊어져야 한다'는, 오늘의 시조가 안고 있는 가
장 큰 명제를 한 꺼풀 벗겨준 80년대의 목소리라 해도
지나친 말은 아닐 줄로 안다. 오늘의 시조가 일찍이 신
인의 재기와 발랄함을 끌어내지 못했기 때문에 '신인 부
재의 시조단' '상식과 투가 독버섯처럼 무성한 시조단'을
만들고 만 것이다. 장작이 타는 소리를 째작째작 껌 씹
는 소리로 들을 수 있는 마음의 귀, 오래 씹히는 아픔은
남아서 양심의 보드라운 재가 된다는 생각, 그리고 거기
서 불티가 튀는 사루비아 꽃밭을 발견할 수 있는 예리한
눈이 바로 오늘의 시조가 취해야 할 자세라는 데에 주목
하지 않으면 안 된다. 이미 20대에 깊은 생각의 터득과
뛰어난 감각의 조화를 시조에 담아낼 수 있었던 것이 앞

에 든 두 편이었다. 이러한 작업은 사설뿐만이 아니고
평시조에서도 유감없이 발휘되고 있다.

> 천내동川內洞 가을빛이 옛날에 눈맞춘 너의
> 눈빛 같다 희망 같다 삭아내린 맹서 같다
> 단추를 달면서 잠시 망설였던 어느 아침,
> 선 채로 문득 듣는 물소리도 그렇지만
> 연륜의 길섶에서 따내 버린 실밥 같다
> 꿰매는 단춧구멍에 얼비치는 눈물 같다

「천내동川內洞 가을」은 연시조이다. 그런데 여기서 형식
상의 새로움을 쉽게 발견할 수가 있다. 첫째 수와 둘째
수의 연결고리가 종래의 시조에서 흔히 보던 의미연결
을 의도적으로 거부하고 있다는 사실이다. 우선 시각적
으로 나타난 연결고리가 쉼표(,)라는 점이 돋보이고, 또
두 수를 행갈이 이외에는 아무 표시도 하지 않았다. 물
론 의도적이다. 그런데 아주 자연스럽게 처리되었다는
데에 주의할 필요가 있다. 한 수 끝맺음의 연결 고리를
풀어 버리고 두 수를 한데 묶어 버렸다. 조금도 어색하
거나 거부감이 없는 하나의 형식을 의도적으로 결구해
놓은 결과이다. 또 하나, 장과 수 모두 반복법을 사용했
다는 점도 이 시조의 특징이다. 특히 첫째 수 초장과 중
장의 연결을 반복법을 이용해 의미상으로만 가르고, 문
맥은 하나의 줄글로 풀어 버려서 화자의 메시지를 보다
더 강조하고 있는 점이 눈에 띈다.

시조의 형식은 고정불변이 아니다. 일찍이 사설이 평시조의 틀을 해체하였고, 또한 평시조의 본래 모습도 근대에 와서 편의에 의해 굳어진 최소한의 약속일 뿐이다. 그러므로 오늘에 와서 평시조도 갇힌 형식에서 열린 형식으로의 실험과 발전이 요구되는 것은 두말할 나위가 없다. 이러한 자각과 실험의식이 없는 시조 창작 행위는 이미 한참 전에 마감했어야만 했다. 그런데도 90년대까지 답습만 거듭되고 있는 데에 시조의 문제점이 있다. 「천내동川內洞 가을」은 내용의 참신함도 물론 돋보이는 가작이지만, 평시조의 형식을 일부 해체하고 하나의 새로운 틀을 시도했다는 데에 주의를 모아 마땅하다 할 것이다. 아무튼 80년대의 박기섭은 이 같은 실험정신으로 해서 주목받는 시인으로 자신의 위치를 확보했다고 생각한다. 이상 언급한 세 편은 80년대 초의 작품이다. 그러면 여기서 그로부터 10여 년이 지난 90년대 초의 작품 하나를 보기로 하자. 인용하려는 사설시조 「순진무구를 위하여」는 이미 필자가 『현대문학』 9월호 월평에서 언급했었던 것을 그대로 옮기기로 한다.

은銀의 쟁반에 잘 씻은 과물들을 담아 들고 가던 순진무구가 돌을 맞는다. 느닷없이 어디선가 날아온 돌에 머리를 다친다 아프게 피 흘리는 순진무구를 몽매의 구둣발이 와 걷어차고 무지막지의 가죽장갑이 달려들어 마구 몽둥이를 들이댄다 '개패듯이'

기진한 순진무구가 나동그라진다 비명도 없이 나동그라
지며 은의 쟁반을 버린다 포도에 넘치는 순진무구의 피를
무수한 흙발이 와 짓밟고 짓밟으며 흩어진 과물들을 와싹
와싹 씹어 삼킨다 이윽고 부러진 순진무구의 꼭뒤를 쇠갈
고리로 낚아채고 황급히 사라지는 '정체불명의 손'

　그때다, 수 발의 총성이 창을 흔들고 지나간 것은!

　초장 '개패듯이', 중장 '정체불명의 손'으로 화자가 의
도한 긴장의 장치를 숨겨두고 종장에서 수발의 총성으
로 풀어 버리는 고도의 수법을 쓴 보기 드문 사설시조이
다. '순진무구'로 강조된 숨은 뜻이 무엇인가에 따라 그
긴장도는 사뭇 달라질 수가 있다. 따라서 순진무구를 개
패듯이 하는 정체불명의 손이 수발의 총성과 어떤 관계
로 놓이느냐에 내용의 비밀스러움을 감추고, 끝까지 긴
장의 줄을 조이고 있는 작품이다. 그러므로 이 시조에서
는 굳이 비밀스러움의 정체를 드러내야 할 이유는 없다.
그러한 억지 행위를 함으로써 도리어 시적 긴장은 다 풀
어지고 말 것이기 때문이다. 다만 초·중장의 비밀 장치
를 마련한 화자의 은밀한 미소가 과연 독자에게 어느 만
큼 전달될 것인가 하는 의문을 제기할 필요가 있다. 쉽
게 드러내어서는 안 된다는 화자의 지극히 계산된 긴장
미가 시적인 감동과는 별개가 아니란 점에 유의해야 할
것이다. 그의 세련되고 발랄한 은유의 빛남을 위해서도.
그러나 그의 시조가 사적인 문제를 벗어났을 때 보다 트

인 목소리로 울려온다는 것을 여러 작품에서 확인할 수
있었다. 그리고 그러한 작품들은 보다 사변적이며 활달
한 상의 전개와 함께 자연스러운 반복법의 한 전형을 도
출해내고 있었다. 이러한 현상은 평·사설 어느 한쪽에
만 치우치지 않고 모두 한결같다는 데에 그의 장기를 대
할 수 있었다. 형식면에서 앞의 「천내동川內洞 가을」과 유
사한 4수 1편으로 짜여진 평시조 「꿈꾸는 반도」가 그 좋
은 예였다.

1
그냥 산이어선 안돼, 그냥 그런 산이어선
스스로 골짜기를 팬, 그런 속살의 아픔을 아는,
그 온갖 푸나무 자라고 새떼 깃드는 그런 산

마을과 마을을 감싸고 남북 천 리를 달리는,
엔간한 철조망이나 까짓 지뢰밭쯤은
가볍게 발등으로 차버리고 휘달리는 그런 산

2
그냥 물이어선 안돼, 그냥 그런 물이어선
스스로 등판을 찢는, 그런 피의 고통을 아는,
수천 척 직립의 벼랑을 뛰어내리는 그런 물

무수한 골짝과 골짝 그 무지와 황량을 돌아
적의의 날 선 칼을 혀끝으로 다스리며
마침내 스스럼없이 만나 몸을 섞는 그런 물

126

통일의지를 노래한 이 시조는 산과 물을 빌려 하나가 되어야 할 민족의 염원을 토로하였다. 즉, '그런 산' '그런 물'을 빌려 국토와 민족문제를 직설적으로 노래했다. 직관의 활달함 속에서 반복법이 (그의 많은 작품이 반복법의 효과를 거두는 것을 확인했다) 아주 적절하게 구사되고 있어서 트인 시조의 한 전형을 대하는 듯한 인상이 강렬한 작품이었다. 시조가 너무 사적인 진술에 머물었던 데에서, 삶의 테두리를 벗어난 공허함을 낳았다면 박기섭의 대사회적인 시조가 거둔 성과에 주의할 필요가 있다. 사실 이러한 직관과 직설을 통해서 작품으로 성공하기란 참으로 어렵다. 자칫 관념적인 유희에 머물고 마는 예를 우리는 무수히 목격했고, 특히 시조에서는 맹목적인 주의주장에 불과했던 것을 식상할 정도로 보아왔다. 그만큼 역량을 필요로 하는 작법이다. 그런데도 평시조로 이만큼 엮어낼 수 있었던 것은 전적으로 그의 시적 역량을 보여준 하나의 예이다.

80년대의 시조단에 그가 일궈낸 작업의 일단이 값지다는 것을 필자는 확신한다. 그리고 시조의 내일을 밝게 빛낼 것이라고도 믿는다. 이제 그가 지고하고 험난한 90년대의 시조의 빙벽을 오르기 위해 힘주어 박는 견고한 '못'질에 뜨거운 박수를 보내며, 그의 육성 「못」을 여기 옮기는 것으로 이 글을 끝맺으려 한다.

1
숱한 담금질 끝에

직립의
힘을 고눠
마침내 일어서는
견고한
자존의 뼈
스스로 극한의 빙벽을
이를 물고 버틴다

2
못을 친다,
저 생목生木의
건강한 육질을 밀어
그 환한
정수리에
굵은, 대못을 친다
한 시대 처연한 꿈이
앙칼지게 박힌다

3
닫힌 저 엄동의
난만한
못통 속에는
끝내
상하지 않고
온전한 야성들이
첨예한 긴장의 한끝을
서느렇게 벼린다